덕분에 덕분에

덕분에 덕분에

발행일   2021년 11월 5일

지은이   김경환
펴낸이   손형국
펴낸곳   (주)북랩
편집인   선일영   편집   정두철, 윤성아, 배진용, 김현아, 박준
디자인   이현수, 한수희, 김윤주, 허지혜, 안윤경   제작   박기성, 황동현, 구성우, 권태련
마케팅   김회란, 박진관
출판등록 2004. 12. 1(제2012-000051호)
주소   서울특별시 금천구 가산디지털 1로 168, 우림라이온스밸리 B동 B113~114호, C동 B101호
홈페이지 www.book.co.kr
전화번호 (02)2026-5777   팩스   (02)2026-5747

ISBN   979-11-6836-012-9 03810 (종이책)   979-11-6836-013-6 05810 (전자책)

(주)북랩 성공출판의 파트너

북랩 홈페이지와 패밀리 사이트에서 다양한 출판 솔루션을 만나 보세요!

홈페이지 book.co.kr   •   **블로그** blog.naver.com/essaybook   •   **출판문의** book@book.co.kr

작가 연락처 문의 ▸ ask.book.co.kr

작가 연락처는 개인정보이므로 북랩에서 알려드릴 수 없습니다.

※ 본 시집은 한국예술인복지재단이 주관하는 창작준비금 지원사업에 선정되어 받은 지원금으로 간행되었습니다.

西星 김경환
제7시집

덕분에
덕분에

북랩 book Lab

시인의 말

사람은 이 세상 살다 보면 외롭고 씁쓸한 인생을 살 때가 아주 많습니다.

누군가의 덕분에 내가 살 가치를 알게 되고, 지인을 통해서 부모님을 통해서 은사님을 통해서 내가 사랑하는 사람을 통해서 직장에서 같이 일하는 직원들을 통해서 나의 일상이 변할 수 있고, 그 사람 덕분에 항상 감사하는 마음으로 살아가는 계기도 됩니다.

취업을 위해서 열심히 공부를 하는 공시생들도 합격하면 솔직히 내 고향 또는 지금 살고 있는 지역에서 합격하면 좋지만 경쟁률을 보고 지원하다 보니 내 맘 같지 않은 타 지역으로 갈 경우도 많아서 합격 후에는 스트레스를 많이 받습니다. 주거 문제, 교통 문제 등이 그 원인입니다. 그런데 이웃 사람들이 남 일 아닌 것처럼 도와주고, 좋은 월셋집을 소개해 주는 공인중개사 덕분에 집을 구하기 힘든 시기이지만 예상 밖으로 빨리 구할 수 있고, 그 지역의 길을 모르는데 쉽게 길을 알려주는 사람도 있습니다. 그런 사람들 덕분에 새로 온 사람들은 잘 적응하며 좋은 추억만 남기게 됩니다.

나도 모르게 누군가의 도움을 받게 되고 나도 모르게 누군가에게 손을 내밀어 줄 때가 있습니다. 감사하는 마음은 가지고 있지만 표현을 못 하는 것이 사람들의 마음입니다. 덕분에 저는 대한민국에 살고 있고 대한민국은 참 살기가 좋은 나라라 생각합니다.

이 시국은 대한민국뿐만 아니라 전 세계가 힘듭니다. 그럴수록 의료진 덕분에 구급대원 덕분에 같이 코로나19를 이겨 내고 있는 지금, 비록 서로 지쳐도 몇 년이 지나면 감사하는 마음으로 사는 대한민국 국민들이 많이 있으리라 생각이 듭니다. 하여튼 힘을 냅시다. 지금까지 힘든 고통을 잘 이겨왔습니다. 서로 응원하며 미래 대한민국의 밝은 빛을 보기 위해 우리들은 열심히 발버둥 치고 있습니다.

2021년 10월

김경환

차 례

1부

2부

3부

4부

1
부

덕분에 행복한 삶을

그 사람 덕분에
행복한 삶을 보내고

그 사람 덕분에
안 좋은 일이라도
왠지 기분이 좋아지고
내 옆에 그 사람 덕분에
이정표처럼 내 갈 길이 보인다

하루 그 사람 고마움에
그러다 한 주가 지나가고

같은 부서 안에서인지
같은 직장 안에서인지
그 사람의 은혜를 잊지 말고
말도 평안하게 이야기하며

지금은 나에게는 계약직 만료 시점
그동안 감사하는 마음을 표현하고
밖에 나가면 그 사람 인성
나도 본받고 똑같이 나설 것이며
안부차 들러서 그 사람은 보러 갈 것이요

그때 그 시간
얼마 되지 않았지만
난 많은 사랑을 받았구려

복권 사러 가는 길

아침엔 나의 기분을
맞추기 위해 복권 산다

일주일 지나면
이 복권의 결과 나오고

복권 가지고
일주일의 행복함
일주일의 즐거움
기대와 설렘 가지고
한 주 시작이요

남들이 만약에
로또 1등 당첨되면
어디에 쓸 것인가
가끔 물어본다면

나의 자신 위해 쓸 것이요
내가 사랑하는 그이에게
얼마라도 주고 싶은 내 맘

그래서인지 복권 사기 전
로또 연구 하는가 봅니다

오늘도 출근 전에
나의 발걸음은
복권 파는 집으로

기도하며 그렇게
또 한 주를 보내는구려

새벽바람

하도 하도 잠이 오지 않아
눈을 비비면서 새벽바람

현관문을 열어보니
아름다운 밤하늘이
마중 나와 행복합니다

그이 너무 그리워서
잠을 지새울 때 울고 싶다

새벽바람 맞으며
시내 돌아다녀도
오로지 그이만

너무 보고 싶은 사람이기에
그이 덕분에 내 일상의 변화
너무 그리운 사람이기에
너무 사랑스런 사람이니까

저 밤하늘 보아도
그이의 얼굴이
저 별 통해 그려본다

오늘 새벽잠은 다 깼더라
내 사랑하는 이 좋은 꿈나라로

안 보면 그이 더 생각나서
내 머리 두통 온 것처럼
고통스럽게 하루하루를

그이 웃는 모습을
언제 볼 수 있을까

이 시간에 그이
생각이 나는구려

정

이 세상 살아가는 우리
사랑 있다면 다음으로
그 뒤로 따라오는 정

우리가 같이 한 직장에서
일을 하다 보니 정이 들고

깊은 사랑 하다 보니
사내 커플이 나오는 것이요

사내 커플은 눈치 보며
몰래 데이트하고
퇴근하면 밖에서 따로

사내 커플의 러브 스토리는
직장 들어와서는 선후배로
직장 동료로서 지낸 사이
동생과 오라버니 사이로
연하연상 커플도 나온다

이젠 너무 정들어서
꿀이 뚝뚝 떨어지는 사내 커플

직장 안에서 눈치 못 챈 직원은
없을 것이요 그래도 모르는 척

그런 상사 덕분에
그런 직장 동료 덕분에
사내 커플은 사랑은 나눈다

참 인간 사는 세상은
정이 무섭네 정 때문에
연인이 생기고 신혼부부 탄생이요

그리하니 한 사람 사랑하며
몇십 년 동안 사는 원동력

그 정 뭐길래
사람을 괴롭게 하는구려

오늘 기분 좋은 날

오늘따라 기분 좋은 날
잠깐이지만 그리웠던 그이를

행복하게 보여서 다행입니다
힘들어 보이지 않아 다행입니다

긴 시간이 아니지만
그이를 볼 수 있어서
난 오늘 기분이 좋더라

어린아이처럼
저 하늘 높이 날 것 같고

매일 내 기도 들어주는 주님
속으로 감사하며 다음 기약하며
아쉬운 맘 있어도 이 지역을
떠나지 않는다면 또 볼 수 있겠구나

잠도 달콤하게 잘 수 있는 하루
항상 그이 생각 내 몸은 피로감

오늘 십분이라도 한 시간이라도
짧은 시간이지만 만족하렵니다

또 그이를 볼 수 있는 날
또 언제 올까 이 글 남기는구려

변함없는 나의 기도

평안이 넘치는 주일
이 시국에 성전 가지 못해도

난 집에서 조용히
오로지 그 사람 위해
그 사람 지켜달라고

그 사람에게 사랑 받으며
그 사람에게 희망 가지고
그 사람에게 축복을 받을 기회
그런 맘으로 기도하며

오늘도 한 주 보내면서
난 오로지 당신 생각 때문에

하루 어떻게 보내는지
기억나지 않을 정도
오로지 당신 생각만

출근길 나서면서
빙판길이 된 이 길을
그 사람 넘어지지 않도록
안전하게 운전하기를 바라는 마음

난 오늘도 그 사람 위해
하소연하듯이 기도한다

퇴근하는데도
오로지 그 사람 위해
잠들기 전에 중얼거리면서
그 사람 생각하면서 기도하고
나도 모르게 잠이 든다

지금도 여전히 성전 가면
그 사람 위해 기도하고
다른 곳에 있어도 그 사람만
난 오늘도 예배드리러 가는구려

이제 그만

며칠 동안 내리는 눈
처음에는 기분 좋았지만
하도 끝이 없이 내리는 눈
이젠 정 떨어지는구나

내가 그리워하는 사람
지금도 여전히 보고 싶은 사람
저 눈 때문에 더 생각날까 두렵소

한 번 교통사고 인해
마음 고생하는 사람에게
직장 출근할 때 또 다칠라

그 사람 때문에 잠도 오지 않고
내 몸이 너무 힘드네

이젠 눈아 내가 빌게
적당히 좀 오거라
난 다쳐도 괜찮은데

내가 항상 보고 싶은 사람
그리워하며 미련하게 남는 사람
그 사람 위해 기도하니

안전하게 출근길 가게끔 인도하소서
안전하게 퇴근길 가게끔 인도하소서

더 이상 또 다른 사고로
고생하는 모습 보기 싫구려

아침 먹고 다닙시다

그 사람은 내가 볼 땐
다이어트 할 필요 없는데

그런데 불구하고
그 사람은 다이어트 한다고
뭘 먹지 않는 것이 보인다

속으로는 그 사람은
아침밥 먹고 다니는지
왠지 걱정 가득 안고
나의 발걸음은 무겁게 출근길로

점심 저녁은 그렇다 할지라도
새로운 아침 시작할 때는
밥심으로 출근길 나서는 것인데

내 자신도 아침 먹고 나서며
그 사람도 아침 먹고 다녀야
다이어트도 좋긴 하나 건강 우선이요

무리해서 아픈 것보다
규칙은 지키되 운동만 해도
자신 원하는 것을 이룰 수 있더라

건강 챙기면서
적당하게 다이어트 성공하고

오늘도 아침 먹고 나서고
항상 똑같은 생각하며
출근길 나서는구려

2
부

여전히 내 맘 속

시간이 흘러서
다른 직장 근무하면서
그 사람을 잊은 줄 알았는데

일을 하다 보니
그 사람 생각은 나지 않는다

하지만 내 맘 속은
여전히 그 사람 이름 석 자

저녁엔 더 오로지 어떻게 지내는지
그 사람에 대한 궁금증 안고 살아가네

여전히 내 맘 속에는
그 사람만 가득 차 있고

그 사람 위해서 열심히 일하고
돈도 열심히 모아 모아서
그 사람에게 작은 선물 하기 위해서

오로지 지금도 그 사람 생각만
난 그 사람 덕분에 새로운 나의 모습
이젠 한 번 안부차 볼 날이…

또 다시 그 직장으로 갈 기회
얼마나 좋을까 그런 생각이 드는구려

꽃길

그 사람은 공직자이요
열심히 공부하면서
입사하면서 꽃길 열렸다

시작의 길은
기대 반 설렘 반
꽃길을 걸어가면서
행복과 즐거움 넘치고

남들에게 인정받은 공무원
꽃길 걸어가면서
그 사람의 좋은 일만 가득

뭐든 하는 모습이
귀여운 사람이라서
누구한테 사랑 받을 사람

그 사람 웃는 모습 보면
나도 우리 모두 좋은 일만 넘치네

그 사람 덕분에
나도 꽃길 걸어가는 기분

그 사람 같은 사람
또 어디 있을는지
진심으로 모르겠더라

그 사람에게 영원하기를
지금도 원하고 있는구려

정월 대보름

매년 음력 1월 15일
저녁에는 보름달 뜨는 날

정월 대보름날에는
오곡밥 먹으면서
보름달 보면서 소원 빌어보세

당산제에서 그 사람 위해
나의 소원을 빌어본다

그 사람 행복할 수 있다면
그 사람 즐거운 삶 살 수 있다면
애비 같은 마음으로 소원 빌어보고

그 사람의 항상 웃는 모습
가끔 그 직장 가면 그 사람의 모습

정월 대보름날에는
저녁부터 오랜 시간 동안
밝은 보름달에 두 손 모아

그 사람 위해서
날 새면서 나의 소원
올해도 빌어 보는구려

지금 이 순간

내 주머닛돈이 있다면
뭐라도 사서 그 사람에게
지금 이 순간 일을 한다

지금 이 순간
내 머릿속에는
그 사람밖에 없는데

그 사람 위하여
나는 그 사람 칭찬하며
남에게 인정받는 공무원

지금 이 순간
눈은 뜨고 있음에도
속으로 그 사람 위하여
기도하며 내 할 일 한다

그 사람에게 행복을
내가 보탬 되기를 바라는 마음
오늘도 그 사람을 그리워하는구나

지금 이 순간
이 석 자 새기며
즐거움 안고 사는 세상

기도하며 이 세상 살아가는구려

당신 있는 곳

당신이 있는 곳
난 항상 기도하며

내 맘 언제나
그 사람만 모를 뿐

당신이 있는 곳이기에
당신 보기 위하여 간다

당신 덕분에 나의 행복함
당신 덕분에 나의 즐거움
당신 덕분에 나의 웃음

당신 있는 곳
당신에게 큰 의미
항상 나의 기도문이더라

지금도 당신의 생각
지금도 당신의 그리움

다시 나도 당신 있는 곳
당신 보러 가고 싶구려

나의 눈물

매일 밤 자기 전에
나에겐 눈물 흘리며
아침에 일어나면
내 눈은 부어 있다

그 사람 때문에
그리워서 보고 싶어서
생각이 나서 눈물 흘리네

그 사람 덕분에
이런 행복한 삶
뭐든지 줘도 아깝지 않구나

나의 눈물은 그 사람
그 사람 덕분에 나의 변화
다른 모습 보인 내 모습 증명이요

다른 곳에 있든
그 사람 덕분에 보러 가고
어떻게 지내는지 궁금해서

내 맘 잘 나도 모른다
나는 그 사람 뭐라 할까
어찌 해야 하는지
그 생각 밤새 눈물 난다

과연 그 사람이
내 눈물 닦아 줄 사람인가
기대와 걱정 반반이구려

당신 위해서라면

당신 위해서라면
나는 뭐라도 한다

당신의 행복 위해서
당신의 즐거움 위해서
그 사람 버팀목 되어주고

그 사람에게 필요한 것
남들에게 인정받는 것이요

그 사람에게 해 주는 것은
아깝지 않는 사람이구나

그 사람의 생일은
뭐 해 줄까 그 생각을
몇 달이 남았지만
내 머릿속에는 맴도네

그 사람 위해서
그 사람 값어치 높이기 위해
열심히 뛰어다니더라

그 사람은 인정받을 사람
그 사람은 언젠가는 상 받을 사람
그 사람을 알게 해 줄 사람 나로부터…

인맥 통하여 체면 채워 주는구려

옛날

옛날에는 어떻게 살았는지
다 기억을 하면서 추억이라

옛날에는 누군가 덕분에
기분 좋은 추억이 남았고

옛날에는 누군가 덕분에
나의 꿈을 정해지고

옛날에는 누군가 덕분에
상처 없어지고 사랑만 받고

옛날은 옛날일 뿐이지만
과거보다 미래 중요한 시대
가끔은 과거는 내 모습을
사진으로 다시 보게 되더라

그때 그런 사람이 있어서
내가 학창시절을 유년시절을
다시 타임머신 탄 기분으로

비록 긴 세월 지난 우리 모습
작년이라도 덕분에 내 모습
언제든지 좋은 기억으로 남는다

내가 누군가 덕분에
인생을 배우게 되고
내가 은혜 받은 만큼
또 다른 사람에게 내가 나선다

인간이 이 세상 살아가는 도리
그 사람이 되든 첫사랑이 되든
덕분에 내가 지금 살고 있는 것이구려

친구

사람은 살다 보면
하소연할 때가 없으면
꼭 내가 찾는 것이 있다

바로 공감해주는 친구
술친구 해주는 친구

친구 덕분에 더욱 열심히 하고
친구 덕분에 내가 잘 풀리고

우리 부모님 돌아가실 때에
눈물 흘린 나를 안아주는 사람

내가 병원에 입원하면
시간 날 때 찾아온 손님

내가 좋은 애경사 있어도
내 친구는 멀리 있어도
기꺼이 와주는 그런 친구

친구 덕분에 내가 살 용기를
친구 덕분에 내가 희망을 안고
친구 덕분에 조언 듣고 나의 설계도

세월이 지나도 찾는 사람
시간이 지나도 나이 먹어도
밥 한 끼라도 같이 할 사람

친구는 이 세상의 벗이요
친구는 이 세상의 낙이요
그런 맛에 이 세상 살아가고

용기를 내고 친구의 버팀목
나의 배짱이 생기는 것이구려

3
부

생각

한 주를 시작하는
월요일 출근길 나서며
그 사람 생각을 합니다

자기 전에는
그 사람 생각 때문에
잠을 쉽게 들지 못한다

쉬는 날에는
그 사람은 뭐하고 있을지
그 생각이 내 머릿속에 맴돌고

직장 일을 하면서
내 손 일 잡히지 않고
전 있던 직장에서
그 사람은 무슨 일 있는지

그 사람이 행복한 모습 보면
나도 왠지 행복함이 넘치고
그 사람이 즐거움 모습 보면
나도 왠지 하루가 즐거움 있고
계속 그 사람 생각만 가득

내 머릿속에는
그 사람만 떠오르고
그 사람의 이름 생각나는구려

밤거리 걸으며

한낮에는 길거리
수많은 사람들이
자기 일 하면서
나도 그 거리 있다

밤엔 아무도 없는 거리
초저녁이라 잠 오지 않고
시내 밤거리 걸으며

나에겐 그 사람 때문에
집에만 있으면 지옥생활

머리 식힐 겸
밤거리 걸으며
화려한 불빛 아래

그 사람의 환상처럼
그 사람만 눈앞에 가려

내 귓가 노래 들으며
이 빈자리 걸으면서
내 옆 그 사람 있기만…

잊을 수 없는 그 사람
나는 그 사람 덕분에
내 자신이 어색함만 가득하고
그 사람은 나의 은사이시구려

알바 하는 시간

투잡 하면서
난 알바 하는 시간

알바 하는 시간에
손님 없을 때에는
그 사람이 이 편의점에

이 알바에 받으면
밥이라도 먹기 위해
날 새우면서 돈을 번다

알바 하는 동안에
누군가 부탁하기에
이젠 내가 알바 하는 이유
그 사람 덕분에 알게 되었으니
난 그 사람에게 얼마나 감사한지

밤새워 일하는 동안
낮에는 잠을 자야 하지만
그래도 잠은 오지 않고
달랑 몇 시간 쪽잠 자고
오후에는 활동하면서
내 몸은 망가트리고 있더라

카운터 앉아서
손님 올 때마다
왠지 긴장되면서

혹시 그 사람이
손님으로 올까 봐
내 기분이 묘하네

나는 뭐든지
오로지 그 사람만
한 몸 같구려

프로필

프로필 안에는
대수롭지 않는다

나의 프로필에는
오로지 글쟁이 남길 뿐

프로필 나온 내 사진
웃고 환한 얼굴 하고
6개월마다 새로 바뀌는 사진

프로필 내 살아온 길
그 사람 덕분에

프로필 나의 모습 추가요
그 사람 덕분에 나 같지 않더라

가끔 나의 프로필 보면
사진으로 보는 내 모습이
낯선 느낌이 확 드네

그 사람에게 좋은 사람으로
내 프로필 통하여 남고 싶어서
다른 사람보다 잘 보이고 싶어서
그래서인지 난 행복함 넘치는구려

외로움 심할수록

인간은 누구나 외로움 안고
태어날 때 외롭게 태어나고
죽을 때 외롭게 죽어간다

그 외로움 삶속엔
나뿐만 아니라
모든 사람들의 덕분에
나의 성격이 변할 수 있는 기회

인간은 외로움 때문에
지인 덕분에 친구 생기고
인간은 외로움 때문에
좌절 있고 포기하고
그래도 누군가 덕분에
나의 새로운 길이 열린다

앞으로 살아가는 것도
외로움 따라오지만
미래 어떻게 설계도
인생 선배님께 조언 듣고

우리 인간은 그렇게
이 세상에서 외로움 싸우며
나의 즐거움 내가 만들고
나의 사랑 받는 것도 내가
그동안 받은 사랑 남에게
이젠 내가 사랑을 주면서
그러다보니 외로움이 없어진다

스트레스 받으면
나 혼자 있으면 외롭지만
내 지인 함께 여가 활동 보내며
오늘도 스트레스 없어지고
내일은 또 다른 기대하며

이 세상은 나 혼자 아닙니다
직장 안에서 종교 안에서
날 생각해 주는 사람은
누구나 남 일 같지 않는구려

엄지척

누가 보아도
그 사람은 엄지척

다른 사람에게
잘 웃어주는 사람

그 사람 덕분에
모두 다 웃는 분위기
그래서 그 사람은 엄지척

나는 오로지 그 사람
추천해 주고 싶은 사람
무슨 상 받을 자격은 있더라

자기에게 주어진 임무는
최선을 다하는 그 사람
어찌 미워할 수 없네

엄지척 그 사람
그 맛에 그 사람을
사랑하게 되었는지 모르겠소

그 사람처럼 또 어디에
아무리 찾아봐도 없을 것이구려

당신 때문에

내 눈앞에는
오로지 당신만 보인다

당신 때문에
행복한 하루를
같이 있지 않아도

전 직장에서는
같이 시간 보냈던 그날

서먹서먹하여도
말하지 않아도
항상 난 그 사람 때문에
발버둥 치는 나의 모습을

당신 때문에
뭘 사게 된다면
무조건 한 개 더 사고
편의점 가면 음료수 1+1만

당신 때문에
간식 살 줄 알고
당신 때문에
뭐 하나는 배우는구려

신앙심 통하여

나의 신앙심 통하여
나의 기도 제목은
그 사람 위한 기도 한다

새벽마다 성전 가서
조용한 한 시간 동안
그 사람 위하여 기도를

그 사람 위하여
기도하고 출근하는 길
내 마음 편하고
내 발걸음 가볍네

삼일밤 성전에 가서
일주일 동안 그 사람 위하여
거의 내 기도는 오로지 그 사람

그 사람이 행복하면
나에게 좋은 일 있는 것이요
그 사람이 즐거우면
나도 하루 날아갈 것 같으니

성전 가면요
나오는 기도는
그 사람 건강 기도
그 사람 인정받는 사람
항상 그 사람 위해 기도하러
주일에도 성전에 찬양 부르며
내 기도 하러 주님 만나러 가는구려

나의 부탁이요

나 자신 위해
남에게 부탁 잘하지 않는다

부탁할 줄 모르는 내가
아무것도 아닌 부탁을 한다

나를 예뻐해 주는 분
이젠 그 사람을 나한테
해준 것처럼 해달라고

신신당부하고
그 직장에 나오는데
내 발걸음은 무겁다

난 그 사람 신경 쓰이며
가끔 안부차 들릴 때가 많고
남들이 좋아하냐고 물어보면
부정했던 날이 많았지만

그래서인지 지금도
그 사람 보러 간다

그 사람 위해서
부탁 잘하는 사람에게
내 모습 많이 변화 주셨구려

4
부

내가 본 당신

내가 본 당신
동생 같은 사람

신규로 들어온 그 사람
인재라 생각하던 그날

인성 좋은 사람
인사성 좋은 사람
남들이 어떤 사람으로
내가 본 당신은 최고다

그래서 다른 사람에게
그 사람 이야기를 많이 하고

내가 본 당신 모습
첫인상 아주 좋아서
그립고 보고 싶은 사람

내가 본 당신인데
희망 주고 싶은 사람
즐거움 주고 싶어서
그 사람 위하여
뭐든지 해 주고 싶구려

변함없는 내 맘

그 사람 안 본 지
너무 오래된 시간을
변함없는 내 맘

1년이 지나도
그 사람 기억하고
그 사람 보러 가련다

그 인연 된다면
그 사람 또 만나겠지

왜 지금도 그 사람
생각하고 그리움 안고
살아가는 내 인생

일주일 지나도
변함없는 내 맘
뭐 하나 산다면
그 사람 먼저 생각이 드네

그 사람은 직장 생활
항상 인정받을 공직자
궁금증 안고 지금도
그 사람만 아련하게 남는구려

나만의 약속

나만의 약속
매일매일 합니다

그 사람 생각하며
그 사람 기도하고
그 사람에게 당당한 사람
그 사람에게 인정받는 사람

그래서인지 열심히 일한다
그 사람을 많이 도와주고
같이 이야기해 보려고
안간힘 쓰는 내 자신

그 사람 행복한 하루
그 사람 즐거운 하루
선물 주겠다고 나만의 약속

어떻게 지킬 것인가
그 사람만 생각하는 나니까

그 사람은 뭐 하고 있을까
이 글 쓰는 이 시간에도
나만의 약속 진행형이구려

나에게 당신이 은인이요

당신이 있어서
너무 기분이 좋아요

당신이 있어서
출근길이 기다리고
출근길이 들떠 있다

주말에는 오로지 반갑지 않고
한 주간이 오기만 기다림

나의 모습 변화 준 사람
바로 그이가 은인이요

뭐든지 뭐 하든지
남 먼저 생각하고
먼저 안부 물어보는 사람

남을 위해 기도하고
그런 사람 만든 그 사람
그래서 좋은 걸 가르쳐 준 사람
그 사람은 나에겐 은인이요

그 사람 잘해 주고 싶다
진심으로 고마운 사람이니까
그 사람 해피 바이러스라서
내 자신 몸 둘 바 모르겠구려

외동아들이라서

어릴 때 나에겐
형제 아무도 없이
외롭게 자란 내 어린 시절

형제 있는 사람
왠지 부러워하며
보낸 시절 외롭게 보냈다

그래서인지 그 사람에게
동생처럼 지내고 싶어서
이 부서에서 근무하면서

그 사람 보는 순간
나의 소원은 딱 하나
내가 외동아들이라서

그 사람에게 신경 써 주고
그 사람에게 선물하고 싶고
그 사람에게 챙겨 주고 싶어라

동생처럼 챙겨 주다가
이젠 나도 모르게
다른 기분이 묘한 심정

저에게 죄가 있다면
다만 외동아들인 게
나의 죄명이구려

만약에

진심으로 만약에
그 사람에게 다른 남자
축하해 줄 수 있겠는가

그 사람 아니면 안 될 것 같은
그 감당할 수 있겠는가

항상 그 사람 생각하며
그 사람 꼭 잡고 싶은 마음

그 사람은 은인이기에
그 은혜 잊지 않고
다른 보답을 해 주는 게
아마 나의 모습 재개발해 준 사람

마땅히 그 사람 나의 기대치
또 그 사람 같은 사람을
또 어디서 만날 수 있을는지
겁이 난다 만약에

그 사람 행복 위해서라면
내 인연이 아니라서
나의 심정은 참… 참 그렇구려

오늘따라

오늘 하늘 보니
비가 내릴 듯 말 듯

내 몸 자체 지치고
뭐든지 풀리지 않을 때
내가 아끼는 그 사람

생각하면 할수록
오늘따라 그 사람만
그 사람 이름 떠오른다

비가 내리면
그 사람이 출장 가는 길
무사히 돌아오길 바랄 뿐

구름 가득 끼면요
그 사람 돌아올 때까지
비가 오지 않기만 바랄 뿐

오늘따라 그 사람
그 사람 모습 회상하게 되더라

내 기분이 그래서인지
온종일 같이 근무하여도
그 사람만 생각이 나는구려

이불 같은 존재

그 사람은 마치
이불 같은 존재

그 사람은 이불 같은 따뜻한 맘
웃어 주는 인형 같은 사람
부서 안에서 분위기 잡아준다

그 사람이 왠지 연가 쓰고
그 사람이 왠지 병가 쓰면
부서 안에 들어서면 어수선하더라

항상 그 사람 같이 있으면
왠지 술 마신 것처럼
이유 없이 내 얼굴은 빨개진다

이야기하면서요
더 가까이 가고 싶어서
더 친해지고 싶어서
오늘도 발버둥 치고 있더라

같이 있기만 하여도
오늘 하루 잘 풀리는 기분
이 기분 놓치고 싶지 않는구려

속마음

나는 속마음은요
그 사람 건강이요

나는 속마음은
그 사람 행복이요
그런 생각만 가득

솔직히 그 사람의 속마음
난 그 사람에게 진심으로
좋아한다고 고백하지 못했네

서먹해질까 두렵소
그래도 가깝게 지내고
그런 속마음 소원처럼
한구석에 맺혀 있더라

변함없을 것 같은
그 사람 대한 마음은
과연 내가 고백했다면…

그 사람 속마음
정말 궁금합니다

지금도 그 사람 생각만 가득
말도 하며 그런 시간을 보냈으면
정말 좋겠구려…

〈직장 동료 위해〉
새로운 분야

행정 보조나 일했던 내가
이젠 전혀 모르는 분야로
처음에 갈 수 있냐 그 말

짧은 기간 동안 연속 공공근로자
전에 근무했던 곳 아닌 새로운 분야

그 말 듣고 겁이 난다
그 일을 잘해 낼 수 있을는지

걱정 반 안고 첫 출근 하는데
그 오랫동안 근무하는 공무직
재미있게 실험실 운영하며

같이 근무하는 사람도
다 서로 공무직분한테
물어보며 토양 실험 하며
그런 시간을 보낸 3개월

다시 재신청하여 선정 받아
또다시 새로운 분야 비록 3개월
아직도 잘 모른다 또 배우면서 보내고

그 직원 덕분에 새로운 분야
농가 분들이 흙을 가져와 실험을
지금까지 어떤 업무인지 몰랐던 나

이젠 하면서 알게 되고
참 새로운 일을 배우니
기분이 좋더라 또 다른 일
또 뭐가 있을지 궁금만 가득…

나도 농사짓는 것 같은 느낌
하여튼 다양하게 새롭게 알려준
그 직원 덕분에 그 실험실은
그 직원 없으면 안 될 것 같구려…